이 시집을
고맙고 소중한

_____ 님께 드립니다.

년   월   일

정 수 나

사랑 그리고 아름다운 날

사랑 그리고 아름다운 날

초판인쇄일 2024년 1월 31일
초판발행일 2024년 1월 31일

지 은 이 ㅣ 정수나(정갑순)
펴 낸 이 ㅣ 박종래
펴 낸 곳 ㅣ 도서출판 명성서림

등록번호 ㅣ 301-2014-013
주   소 ㅣ 04625 서울시 중구 필동로 6 (2, 3층)
대표전화 ㅣ 02)2277-2800
팩   스 ㅣ 02)2277-8945
이 메 일 ㅣ ms8944@chol.com

값 12,000원
ISBN 979-11-93543-34-4

정수나 시집

사랑 그리고 아름다운 날

도서
출판 **명성서림**

시인의 말

평범하게 살아왔던 수많은 혼돈의 시간들...
시의 세계를 아직은 모릅니다.

초등 시절 양친을 잃고, 사회를 경험해야 했다,
산업체 등을 전전하며 보내야 했던 그 시절의 추억들
지금의 우체국자산관리단에 입사한 지 어언 20여년,
미화원으로 종사 하며 애환과 어려움도 있었지만,
이제 정년을 눈앞에 두었다.
미완의 습작처럼 써온 글이 공허함을 달래준 것처럼
누군가에게도 작은 힘이 되었으면 하는 소박한 바람으로
이 책을 세상에 내놓으려고 한다.

"지산 고종만" 시인님의 추천으로 월간 '한울문학'
시 부문 신인 문학상에 등단하였고 첫 시집을 출간할 수
있게 용기를 주신 박중환 님께 감사드립니다.

정수나(정갑순)

차례

제1부

이렇게 늙어가고 싶습니다

제2부

내
남
자
의

첫
사
랑

제3부

이사장님 인사말

삶이란 무엇인가?를 생각해 보게 하는 일인 듯 싶습니다.
어려운 가정환경에서도 꿋꿋하게 살아온
정갑순님의 인생 향기가 아름다운 시詩운율로
심금을 울리는 것 같습니다.
고진감래라고 했던가!
고난과 역경속에서도
더 나은 삶을 위해 배움과 노력을 다한 결과,

시집의 제목처럼 '사랑 그리고 아름다운 날'을 만들어가는
정갑순님에게 감탄과 찬사를 보냅니다.
특히, 우체국자산관리단 식구로서 타의 모범이 되고,
맡은 바 소임을 다하는 모습은 더욱 값져보입니다.

세상의 아름다움이 이 시를 통해
무지개처럼 펼쳐지길 바랍니다.

우체국자산관리단 이사장 최정호

제1부

이렇게 늙어가고 싶습니다

가을 마중

서럽게 울어대던
매미 소리 잦아들고
하늘가에 맴돌던 산들바람이
창문을 넘나들고,
코스모스의 가는허리를
휘감는 청량한 바람에
가을빛이 묻어나네,

산책로 한쪽 노란 들국화
향기가 가을을 재촉하듯
빨간 잠자리 불러들이네,

별들이 쏟아지는 밤이면
잠 못 들고 우는 귀뚜라미 소리에
추억에 빠져드는 밤
계절은 어김없이 찾아오고,

여름은 가을을 손짓하고 있다.

님 그림자

푸르던 잎, 붉은 낙엽 되어
한잎 두잎 떨어지는 잎새 소리,
산들산들 부는 갈 바람에
우는 풀벌레
깊어 가는 가을밤을 잠 못 들게 하네,

서늘해진 날씨에
지난 여름날의
추억이 그리움으로 적시는 날,
마른나무 잎새 떨구며 쌓이는 낙엽길 따라,
가로등 불빛에 흔들리는 그림자는

그리움,
길게 드리운 님 그림자.

고 독

모두가 잠든 밤
스치는 바람만이 적막을 깨고
시린 가슴 잠 못 들어 뒤척이며
부질없는 상념이 꼬리를 무는
이 밤을 붙들고 있습니다.

하고픈 말들이 주야장천
흐르듯 많고 많은데
말 못하는 이 밤이 서러워
홀로 독백 을 합니다.

떠나온 자리로 돌아가지 못함은
내 안에 그대가 들어와 있기에
뒤돌아보지 못하고
그대 발자취를 따라갑니다.

창문 너머 달빛에게 물어도,
밤하늘 잔별 들에게 물어도
들려주는 이야기는 기다림이라고

밤이슬 스치는 바람에
그대를 그렸다가 지우기를 반복하고
빈 가슴 채울 애틋한 사랑은
밀려드는 고독으로 이 밤을 지새웁니다.

내 사랑 콩깍지

당신과의 인연을
손가락 들어 헤아려 보지만
헤아릴 수 없는 날들이
세월의 뒤를 따라오고 있습니다.

당신과
부대끼며 지나온 시간 들
때로는 찌푸리고
때로는 짜증을 내도
다정한 말 한마디에
서운한 감정이 사라집니다

많은 세월이 흘러도
변함없는 당신의 사랑에
눈에 씌워진 콩깍지는
벗겨지지 않고
해를 쫓는 해바라기처럼
당신을 따라 돌고 있습니다.

가끔씩 마음을 확인하려는 듯
말을 돌려 찔러보는 당신이지만
변함없기를 바라는 심정 이라는 것을
우리가 쌓아온 날들
살아가는 날까지 콩깍지 벗겨지지 않고

당신 손잡고 가고 싶습니다.

기다림

끝없이 마음은 분주히 움직이는데
실상은 아무것도 할 수가 없다.

소식 없는 야속함이
가슴 깊이 자리하고
야속함은 서러움이 되어
서리처럼 마음에 내려앉는다

흐르는 눈물은 빈 잔에 얼룩져 내리고
허상처럼 찾아드는 그리움은
오늘도 나의 마음을 두드리는데,

산다는 것 자체가 기다림 이련가
기다릴 것도 없는데
끝없이 무언가를 기다리고
끝내는 허탈감에 젖어 들지만
나는 내일 또다시
무언가를 기다리고 있겠지.

그건 당신입니다

가슴 한쪽이 베인 것처럼
아픔을 느끼는 낯선 그리움 한 조각
감미로운 음악과 한 편의 시가
텅 빈 가슴을 채우고,
누군가의 어깨에 기대어
뜨거운 눈물 쏟아내고 울고 싶은 맘,
보고 싶어도 보지 못하는 마음을
모른 척 속마음 감추고 애써 웃고 있지만,

오랜 세월 눈물로 씻어도
씻겨지지 않을 슬픔 한 조각
세월 속에 덧입혀진 슬픔은
시간 안에 가두어 버린 희미해진 사랑

목이 메어 숨이 턱에 걸리고
목에 걸린 가시처럼
뱉어낼 수도, 삼킬 수도 없는
영원히 아물지 않을 아픔으로
남아 있는 상처 한 조각
그건 당신입니다.

흐려진 기억들

어제 밤에 내린 가을비
오늘은 새벽이슬로
노르스름하게 변해가는
잎새 위에 앉았다.

살짝 내민 햇살이 나뭇잎 사이로
은빛 물방울 반사되니
밤에 울던 풀벌레 이슬 털어내고,
이슬 머금은 풀잎 사이에
숨은 사연 감추었을까,
찌르찌르 찌르르 풀벌레는
밤, 낮으로
가는 가을이 서러워 슬피 울건만,
이내 심정은 어느 계절에
내 사연 묻어야 할까
가을이 가고 또 다른 가을이 오면
그 계절에 감추어 둘까,

흐려진 기억들은
오래된 수채화의 그림같이
뿌옇게 흩날리는 안개비 속으로
멀어져 가고 있다.

은빛 이슬

이슬 머금은 풀잎 위로
아침 햇살 내려앉아
톡톡 털어내는
참새의 깃털 사이로
반짝이는 은빛 이슬 눈이 부시다.

이른 아침 하늘 정원 공기가
창 너머로 스며들어 후각을 깨우고
새들의 조잘거림은 닫힌 마음을 열어
상쾌한 아침을 선물한다.

김 오른 커피 한잔
하얀 구름 뭉실뭉실
맑은 하늘 아래 새들은 노래하고
유유자적 게으름을 피우는 휴일 아침
두 팔 벌려 아침 공기 끌어안고
가슴으로 내 사랑 하는 사람도
끌어안는다.

그리움

TV를 보고 있어도 당신이 있고
음악을 듣고 있어도
당신의 목소리가 들리네,

텅 빈 집안에 홀로 앉아
흐르는 음악의 선율에
마음을 맡기노라면
고독의 나락으로 끝없이
추락하는 내가 있습니다,

가을바람이
잎새를 흔들고 지날 때면
가늘게 떨리는 잎새 위로
내 그리움은
당신께로 달려가고 있습니다.

가두어 버린 마음

내 언어는 홀씨처럼
어디론가 흩어져 버리고
동서남북 사방으로 날아가는데,
그대는 눈을 감고
귀를 막고
두 손을 접어 버렸네,
하루를 뜬구름 위에 서 있듯
발은 허공을 밟고
마음은 지옥이었을까

온종일 신열에 시달린 몸
초저녁 약에 취해
식은땀은 온몸을 휘감고
비몽사몽간에 눈을 뜨니,
덩그러니 나만 홀로
서글픈 마음에 두 줄기 눈물
산책로 가로등도 잠을 자는데
어이해 나만 홀로 깨어있나,

내 안에 나를 가두고
스스로 쇠사슬로 묶어버린 깊은 밤
전해지지 않는 마음에 내가 운다.

그런 사람

비를 맞으면
우산을 받쳐 주는 따뜻한 사람,
마음이 울적해서
힘없이 앉아 있으면
말없이 손을 잡아 주며
눈을 마주 바라봐 주는 사람,
내 서러움에 통곡하며 울고 있으면
말없이 눈물을 닦아 주는 사람
당신은 내게 그런 사람입니다.

당신이 비를 맞으면
내가 우산이 되고 싶고
당신이 고뇌에 빠져 있으면
내가 당신의 머리가 되어
고민을 해결해 주고 싶고,
당신이 아파 눈물 흘리면
내가 당신의 손수건이 되어
눈물을 닦아주고 싶은
나는
당신에게 위로가 되는
그런 사람이고 싶습니다.

마음이 울적해서

어제는 동네북이 되었고
오늘은 기본이 없는 사람이 되었다.

마음이 울적해서 옥상에 올랐다,

파란 하늘엔 하얀 뜬구름
하나, 둘 눈으로 세어 보다가
내 설움에 코끝이 시큰거리는 것은
청명한 하늘 때문이겠지,
볼을 타고 흐르는 것은 아마도
가을 햇살에 눈이 부셔 흐르는 눈물이겠지,

아침부터 빨간 잠자리는 머리 위에서 맴돌고
어지러운 내 맘도 맴돌고 있다
서러울 것도 없는데,
아마도 깊어져 가는 가을이
내 마음을 울적하게 만드나 보다.

물안개

새벽바람은
물안개를 피우고
촉촉이 젖어 내린 물안개
내 얼굴에, 어깨에
가슴에 내려앉는다

미처 떼어내지 못한 미련
안개 속
어디쯤에 있을까
그대 흔적은
물안개 속으로 숨었나 보다

모습이 보이질 않아
어디에 있느냐고
소리쳐 불러 보지만
그 이름은 안개 속으로 사라질 뿐,
앞서가는 내 바쁜 마음을
뒤로한 채
발길은 안개 속을 헤매고

앞을 가늠하기 힘든
희뿌연 물안개는
자꾸만 자꾸만 피어오른다.

이렇게 늙어가고 싶습니다

오늘도 웃습니다
내일도 웃을 겁니다
가슴 가득 사랑을 안고
얼굴엔 미소를 머금고
그렇게 밝게 늙어가고 싶습니다

소박한 식당에서
칼질을 해도 어색하지 않게
고상함이 묻어나고,
마주 앉은 사람과
적당히 음주 한잔에도
품위와 교양이 풍기는 사람
그렇게 늙어가고 싶습니다

뒹구는 낙엽에도 깔깔거리며
웃는 소녀의 감성은 아니겠지만,
떨어지는 낙엽을 보며
우수에 젖을 수 있는
감성을 잃지 않는 사람
그렇게 늙어가고 싶습니다

내 마음 마당을 깨끗이 닦아서
사랑으로 가득 채우고,
사랑하는 이와 함께
가끔은 말다툼에도
상처가 되지 않는 언어로
순화 할수 있는 사람
그렇게 늙어가고 싶습니다

내 노년에
아름다운 젊은 모습은 아니겠지만
변해가는 모습을 자연스럽게 받아들이고
중후한 멋을 풍기는 매력적인 사람
사랑하는 사람과 함께
아름답게 늙어가고 싶습니다.

잠자리

바람도
잠에서 깨어나지 않은
이른 아침
들꽃 위에 잠자리
내려앉는다,

잎새 위에 은빛 이슬
젖은 날개
꽃봉오리 침대 삼아 내려놓고
피곤함을 잊나 보다,

초록 잎새 이불 덮어주고
꽃봉오리 옅은 미소가
웃을지, 말지
망설이는 꽃봉오리
연분홍 색조가
소녀의 수줍음 같은 미소에
잠자리는 피곤한 날개를 쉬어본다.

나의 독백

내 마음에
꼭 맞는 사람은 없어
난들 누구의 마음에
꼭 맞지만은 않을 거야,
내 귀에 들리는 말들
듣기 좋은 말만 들리 지 않지
때로는 나의 말도
상처를 줄 때도 있을 거야,

살다 보면 다정했던 사람이
멀어질 수도 있어
미웁다 생각하기 전에
나를 성찰省察 해 봐야겠어,
마음을 조금씩
비워가며 살아야지
조금은 손해 보고, 조금은 바보처럼
그렇게 살다 보면
비운 만큼 행복으로 채워지겠지,

세상은 다 그런 거지
그래
그렇게 살아가는 거야.

사랑 향기

눈빛만으로 통하는 사이
아침에 일어나면 눈부신 세상처럼
당신의 미소가 태양보다 빛나죠

빨간 장미 한 다발을 들고
내 사랑하는 마음을 전하면
당신의 눈동자 초롱초롱
조금은 수줍게, 조금은 어색하게
설레는 마음으로
파란 하늘을 보면 은은한 향기같이
당신의 사랑 향기가 풍겨 옵니다.

사랑한다고 말하면 날아가 버릴까
조심스럽지만 더 좋은 표현이 없어
오늘도 당신을
사랑이라고 말합니다.

추억을 지우는 지우개

길게 드리워진
그리움 한 조각이
원망으로 채워지고
세월은 지우개 되어
하나씩 추억을 지워가네,
세월은 흐르고 흐르는데
더욱 그리움만 쌓이는 건
희미해진 추억 속에
덧입혀진 애달픈 사랑 때문일까

어제는
당신 때문에 웃을 수 있었고
오늘은 당신 때문에 울기도 하지만
한 방울의 눈물은 아픔을 달래며
그리움을 지워가네

책갈피에 끼워진 나뭇잎이
퇴색되어 잊혀 짐도
약속 없이 돌고 돌아가는
세월을 핑계 삼아 추억을 지워가는구나.

서초역 2번 출구

봄이 오는 길목에
쓸쓸히 서 있는 서초역 입구
훈풍은
지난가을 떨어진 낙엽 한 잎을 앞세워
나의 발치 앞에 떨구고
요란한 봄 인사를 하네요,

펄럭이는 치맛자락을 가다듬고
덩그러니 나 홀로 오지 않는
님의 흔적을 뒤적이며
헝클어진 머리를 쓰다듬자니
내 초라한 모습은
발치 앞에 머문 낙엽처럼
황량한 아스팔트 위를 헤매고 있네요,

맞은편 교회 유리 벽에
반사되어 비치는 빛은 눈부시게 고운데
버림받은 노숙 견의
눈동자에 숨겨진 슬픔을 모르듯
당신도 버림받은 내 마음의
슬픔을 모르리라,
흔적 없는 당신의 모습은 간데없고
오늘도 난
서초역 2번 출구에서 발길을 멈춥니다.

알고 싶어

네 마음이 무엇인지
하얀 뭉게구름인지
비를 담은 구름인지
나는 너를 알 수 없고,
육감으로 느껴오는 예감
애써 웃음 뒤로 지우며
초연한 척하지만
그래도 너를 믿어야 할까봐,

너를 사랑 한 죄 밖에 없는데
왜 아파야 하는지
혼자인 날 느끼며
네 모습이 낯이 설고
멀게만 느껴지는 가슴쓰림을
너는 알지 못하지,

우리의 인연이 여기까지일까
떼론 나에게 물어보지만
미련 때문에 너와의
애잔한 기억이 또 나를 붙들어
사랑의 말들
너의 진심을 믿고 있지만
오늘도 난 너의 마음이 궁금해.

사랑 예찬

이슬비 내리는 날
누군가 생각난다면
그대 가슴 깊이 새겨둔
한 사람이 눈물 되어
찾아온 줄 아시고,
그대 걸어가는
들길에 밟히는 잡풀이
힘겨운 몸짓으로 손 내밀면
그대가 한때는 사랑 한
사람인 줄 아세요.

초저녁 노을빛
곱게 물들어 가면
그리다,
멍든 가슴으로 찾아온
사람 인줄 아시고,
살랑이는 바람이
그대 곁을 스치며
속삭이는 사랑 노래 들리면

기다리다 지친
내 영혼의 사랑 예찬가임을 아세요.

장미의 눈물

쏟아지는 햇살
연초록 잎새 끝에
매달려 있는 작은 이슬방울은
장미의 눈물입니다.

살며시 불어오는 바람에
파르르 흔드는 빨간 장미
장미의 화려함 속에
슬픔을 숨기고,
산들 흔드는 작은 잎새
애절하게 부르는 손짓 하나
아직 보내기엔
못다 한 사랑이라고,
마음을 스쳐 지나는
당신의 얼굴은
말갛게 비추는 햇살 되어
반짝이는 이슬로
장미의 눈물이 되었습니다.

제2부

내 남자의 첫사랑

인생의 계절, 가을

바람 불어 슬픈 가을 나무
예쁜 옷 단장하고
사선으로 날리는 바람에
허공을 맴도는 제 분신을 바라본다.

이별 앞에 붉게 물든 잎새의 처연한 몸짓
한 시절 푸르른 젊음을 뒤로 한 채
홀연히 먼 길 떠나는 낙엽,
나무와 제 몸같이
한 계절을 풍미했건만
스치는 바람에 힘없이 떨어지는 낙엽은
이 계절 한없는 슬픔으로 다가온다.

한때는 젊음을 과시하며
청춘이 영원하리라 믿었지만
세월은 머물지 않고
가을의 문턱으로 나를 데려왔다.

어느덧 성성한 서릿발이
머리에 내려앉은 인생의 계절 가을
지나온 아름다운 이야기들을
인생의 책장에
하나, 둘 담아 두어야겠다.

추억 한 송이

골짜기에 숨어 있던 산들바람
살며시 어깨를 두드린다.

긴 여름 햇살의 꼬리를 자르고
저녁노을 물들인 노란 햇살이
하루의 미련으로 남는다,
동그마니 벤치에 앉아
발밑 돌 틈새를 비집고
피어난 하얀 들꽃에 마음을 빼앗기고
멀어져 가는 추억의 시간을 토닥여 본다.

먼 훗날 그리운 시간이 흘러
돌 틈새를 비집고
강인하게 피어난 작은 꽃처럼
우리의 사랑도
추억 한 송이 꽃으로 남았으면 좋겠다.

휴일 아침

도란도란 이야기 나누며
산책길을 걸어가는 사람들의
정겨운 웃음소리...
이름 모를 새 한 쌍
베란다 난간에 날아와 눈길을 잡는다

푸른 잎새를 걸쳐 입은 나무
드문드문 노란 물감을 덧칠하며
아름다운 선율로 들려오는 가을의 소리로
휴일 아침을 활짝 열어가고 있다.

그리운 사람

꽃이 진다고 기억도 지워질까
꽃이 진다고 추억도 잊혀질까
피는 꽃에서도 그대가 보이고
지는 꽃에서도 그대가 보여요,

내 안에 그대가 가득하니
꽃이 진들, 꽃이 핀들
그대는 내 안에 늘
그리운 사람입니다.

가을 향기

여름날의 지루한 녹색 옷을 벗고
알록달록 보드라운 꽃이 피었다.

별들이 고여있는 은하수를 바라보며
언젠가 눈물짓던 한 사랑을 생각하고
보드라운 꽃잎 위에 사연을 덮어
향수 가득 나를 쏟아내 본다.

산등성 저 너머에 가을이 오고
불어오는 바람에도
그리움에 눈물짓게 하는
지우지 못할 우리들의 사연,
잠자리 날아 춤추는 하늘에
짙은 가을 향기로 채운다.

아픈 사랑

이렇게 아픈
그리움이 될 줄 모르고
그 발길 따라나선 길,
그대 간 곳 없고 아픈 사랑만 남아
그리움의 손을 잡고
고독으로 파고드는 밤,

서로를 그리워하는
해를 따라 도는 달은,
어둠을 밀치며 떠오르는
미명의 파란 아침 끝자락에 서서,
닿을 수 없는 아픈 사랑 앞에
내가 서 있다.

가을이 번져 가네

아파트 사잇길로
높게 솟은 가로수 은행잎
물감을 풀어 놓았을까,
빛깔 고운 노랑 은행잎
하늘과 맞닿은 듯
길게 늘어선 길
고개 들어 올려다본
파란 하늘엔
노란 꽃길을 만들어 놓았다.

한점 하얀 구름이
청량 빛을 노래하듯,
한잎 두잎 곱게 물들인
가을이 번져 가고 있다.

숨어 핀 달개비꽃

아파트 화단 한쪽에
숨어 피어난 꽃
풀숲 삐죽이 얼굴 내밀고
세상 구경을 하나 봅니다.

꽃이 나를 보고 화들짝 놀라
파랗게 질려 버린 얼굴
나도 꽃을 바라봅니다.

놀란 가슴 달래주려
가녀린 손을 잡아 줍니다.

따스한 손길에
꽃이 나를 보고 미소를 짓습니다
나도 꽃을 보고 미소를 지어 봅니다
달개비꽃 품속에 하얀 계란을 숨기고
누가 가져갈세라 고이고이 품고 있습니다.

너는 그리움, 나는 너의 사랑

여름 햇살보다
더 뜨거운 너의 눈길
멀리에 있어도
가슴으로 느껴지는 사랑

바람에 흔들리는
갈대의 울음으로
전해지는 흐느낌,
다가올 이별의 시간이
두려워 지새우는 밤

바람 따라 흔들리는
갈대의 마음이 나와 같을까,

시간이 멈추어 버린 가슴에
너는 내 그리움이 되었고
나는 너의 사랑이 되었다.

코스모스 향기 바람에 전한다

빨강, 노랑, 하얀빛
곱게 곱게 물들이고
긴 목 내밀어 가을을
기다리는 코스모스,
아기 손 같은 꽃 몽우리 열고
스치는 바람에 꽃잎 입술
앙증스럽게 물고 서서,
형형색색 곱디고운
키다리 코스모스

높아진 하늘 아래
가득한 고추잠자리
반가운 날개짓에 미소 가득

코스모스 향기 바람에 전한다.

바 람

바람은
어느 곳에도 구속됨 없는
자유로운 영혼이다.

길모퉁이 앉은뱅이 들꽃
살포시 마음 흔들고 가버린 바람,
울타리에 걸터앉은 장미꽃
간지러운 입 맞춤에 붉어진 얼굴
모른 척 흔적 없이 사라지는 바람,

하늘 끝없이 멀어졌다가
어느새 곁에 머무는
당신은
자유로운 영혼을 닮은 바람.

안녕! 여름

폭염으로 무덥고 지루했던 여름
작별을 고하고 저만치 떠나는 너의 뒷모습에
쉬지 않고 흐르는 세월이 무심해
따가운 햇살에 눈살 찌푸린 너의 마음은

이제 가을이라는 계절 앞에
고개 숙여야만 하는 너의 모습이,
높아진 파란 하늘만큼이나
가슴속에 곱게 머물다 가는 너의 흔적들을
내 기억 속의 한 페이지에 저장해 두려고 해,

다시 만날 내년을 기약하고
살랑살랑 춤을 추며 오는 가을을
반가이 맞아주렴.

사랑, 그리움이 익어가는 계절

한 여름밤 사랑을 속삭이던
귀뚜라미의 아름다운 음률을
서쪽 하늘 반쪽 달에 걸쳐놓고
더딘 발걸음으로 가을이 온다.

가을밤 하늘에
그렁그렁 달린 저 별들은
풀벌레의 우는 사연을 알까
꼭꼭 숨겨 놓은 내 사연을
저 풀벌레는 알까

애달픈 사연 누군들 없을까
고운 정 하나
미운 정 하나 꺼내어
가을밤 살랑이는 바람에 날리고,

사랑도 그리움도 익어가는 계절
설익은 잎새 한 잎
살포시 발등에 떨어지면
나는 애써 아픈 마음을 삼킨다.

살사리꽃(코스모스)

파란 하늘 아래 핀
살사리꽃 향기
키 큰 해바라기 하늘하늘
넓은 잎새 사이로
따가운 가을 햇살이 밀려듭니다.

벼가 익어가는 들녘에
사륵사륵 바람 타고
노란 물결 출렁이면
내 안에 보내지 못한
작은 그리움도 물결칩니다.

하늘의 뭉게구름
한 뼘 더 높이 떠 있고
풀잎 끝에 달린 가을 소리
바람 같은 그리움 위에
살랑살랑 하늘하늘
살사리꽃 의 무리 진 만큼의
그리움이 더해 갑니다.

말할 수 없습니다

하고픈 말이 있어도 못하는 말
괜시레 볼멘소리로 감정을 숨깁니다

아프다고 말하지 못함은
많은 말들을 다 할 수 없기에
그 마음 감추고 미소로 말합니다,

외로움이 밀려들고
슬픔이 가슴을 덮쳐도
세상에 혼자라고 느껴질 때면
그대가 생각나지만,
나에게 와달라 하지 못함은
그리하지 못하는 그 마음이
더 아플까봐 말 못 합니다,

사랑이라는 말이 너무 흔해서
가슴에 와닿지 않는 말
그런 한마디의 말보다는,
차라리 진실한 마음을 가슴속
깊이 꼭꼭 담고 싶은 말입니다.

내 남자의 첫사랑

내 나이 중년
아직은 여자이기를
바라는 마음이다.

시기도 질투도
내 안에 있기에
내 남자의 첫사랑에
괜시레 뽀로통

누구에게나
첫사랑은 있겠지만
내 남자의 기억 속엔
나만 생각하고 기억해 주길
바라는 마음,

살아온 세월만큼이나
아량과 도량이
넓어진 줄 알았는데

아직은 샘 많은 여자인가 보다.

추억의 책갈피

당신과 기나긴 여정을 함께 걸어 왔습니다.
때론 갈등하고, 때로는 서로 위로하면서
희비가 엇갈리는 시간을 그렇게 함께했습니다.

당신과 나만의 집에
알콩달콩
기쁨과 슬픔, 그리움의 집을 지으며
세월의 강을 건너는 돗단 배에
우리의 추억을 담았습니다,

눈물짓던 시절도 세월이 흘러 뒤돌아보니
그리움으로 가슴을 휘돌아 가슴속 깊은 곳에
수줍은 새색시 연분홍 추억으로 남았습니다,

고단한 세월 당신과 함께 걸어가기에
당신과의 소중한 시간과 기억을
추억의 책갈피에 조용히 덮어 둡니다.

하늘 정원

키 재기 하듯
자란 풀잎 위로
몰래 내린 이슬 따라
가을이 왔나 보다.

새벽이 오는 줄도 모르고
처량하게 울어 대던 매미 소리에
가을은 잊지 않고
하늘정원을 찾아왔나 보다

조금 더 높아진 하늘로
빨간 잠자리는
가을을 데리고 와서
그렇게 가을은 살며시
내 가슴을 노크하고 있다

살며시 다가선 이 가을에
김이 모락모락 피어나는
따끈한 차 한 잔 마주하고
가을이 물드는 하늘정원을
당신과 바라보면 좋겠다.

가을의 소리는

높다란 파란 하늘엔
뭉실뭉실 피어나는
새하얀 그리움의 향기
보랏빛 향기 몰고 온
들국화, 구절초의 웃음소리

길옆 이슬 머금은
들풀들의 풋풋한 미소에
황금물결 일렁이고
누렇게 익어가는
오곡들의 타닥거리는 소리

가을의 소리는
요술처럼 풍요를
실어 나르는 소리입니다.

그 어느 해 봄날 같았다

커피를 마시려다가
빈 그리움만 마시고 말았다.

주홍빛 외등 아래 은은히 퍼지는
외로운 혼불을 켜 들는 하얀 이내 사연
새벽꿈을 깨우며 밀려드는 그리움,
깊게 파인 세월의 뒤안길로
멍든 마음 달래주는 주홍빛 긴 그림자

외로이 서 있는 외등과 마주 서서
허공을 매만지던 바람 따라
전해준 향기가 그리움을 달래준다.

외로이 창가에 서서
그 어느 해 봄날 같은 그리움을 그리며
아침을 맞고 있다.

언젠가는

기다림에 지쳐
아프고 가슴 시려도
언젠가 그대 내게 오겠죠,

물기 어린 밤하늘 이슬 내리고
그리움의 눈물로
틔우지 못한 꽃봉오리
시들어 고개 떨구지는 않겠지요.

언젠가
그대 내게 오리라는 것을 알기에
이 밤도,
부는 바람에 눈물 거두어
내 작은 꽃밭에 뿌려 봅니다

그대,
언젠가는 내게 오리라는 것을 알기에.

다음 생엔

그대 사랑하지 않았다면
당신을 향한 애절함도
심장이 터질 듯한 아픔,
여름밤의 정열과
낙엽 지는 쓸쓸함도
알지 못했겠지요.

당신을 알지 못했다면
그리움에 멍이 들고
이토록 가슴 아파하며
그리워할 일도,
심장을 쓸어내리며
슬퍼할 일도 없었겠지요.

이 세상 인연이 아니라면
다음 생에
그때는 우리 첫사랑으로 만나요.

제3부

눈이 부시게 아름다운 날

그리움은 커피 향처럼

커피 한 잔에
설탕 대신 내 사랑 넣으니
님의 진한 향기가
그리움으로 전해져오고,
따뜻한 커피잔을
두 손 가득 감싸 안으니
따뜻한 온기가
님의 마음 되어 내게로 다가오네,

오늘처럼 흐린 날이면
짙게 풍기는 커피 향에
내 마음 실어
그대에게 달려가고 싶다.

그리움의 꽃

사랑은 슬픈 이별보다
아픔이라는 것을
꽃이 피어날 땐 알지 못했어,

가슴 깊이 새겨진 흔적들
지울 수 없는 아픔까지,
슬픈 이별이 기다리고 있음을
그때는 알지 못했지,

지나간 기억 속에
견딜 수 없는 외로움은
끝없이 나를 괴롭게 하고,
사랑할수록 아픈 사람
가슴 깊이 새겨진 기억을
지우려 해도 지울 수 없는 그대 향기,
내게 머물던 향기는
가슴 깊숙이 베어버린 슬픈 사랑 되었고,

이젠 그리움의 꽃으로 떨어진다.

서러움

새벽 물안개 피어나듯
그리움이 내 가슴에 내려앉고
새벽하늘 별님은 물안개 목욕을 하네,
물빛 가슴으로 하늘거리며
축축하게 젖어 늘어진 내 마음은
이쪽과 저쪽에 서서
현실을 받아들일 수밖에 없는 나입니다.

마음을 훔친 나이기에
한 발 떨어져 바라만 봐야 하는 심정
무거운 공기에 숨은 턱에 닿지만,
당신을 사랑 할수 밖에 없는
내 마음은
왜 이리 서러운지 모르겠습니다.

봄 향기에 사랑은 물들고

봄의 속삭임에
꽃망울 터지고
꽁꽁 얼었던 가슴에도
무지갯빛 사랑이 향기에 실려
소리 없이 찾아오네,

살랑살랑 불어오는 봄바람에
풍겨오는 님의 향기는
향긋한 내음으로 다가오고,
햇살 비치는 은빛 물결에
내 가슴은 파란 아지랑이 피어나듯
봄 향기에 사랑이 물들어 갑니다.

사 랑

나른한 봄날
커피 한잔 마시는 여유에
뭉실뭉실 피어나는 그리움이
찻잔 안에 담기고,
그리움에 눈물 한 방울
떨어진 찻잔 안에
당신 얼굴이 들어 있네요.

모락모락 피어오르는
뜨거운 김 서림에
사랑 하트 하나 그려놓고
내 마음 가득 담은
커피잔 속에 사랑을 채웁니다.

꽃바람

아지랑이 하늘 따라 올라가면
봄이 온 줄 알까요,
가슴 시린 사랑에 목련꽃
하얀 마음 담아
꽃잎을 강물에 띄워 보내면
당신, 봄이 온 줄 알까요,

봄바람 불고 개나리 활짝 피면
당신 오렵니까,
기다리는 마음 꽃잎에 담아 날려 보내면
꽃바람 타고 당신 오렵니까,

목련꽃 하얀 비단옷 갈아입고
기다리는 마음은 이렇게 아픈데
소식 없는 당신에겐
봄은 멀리 있나 봅니다.

당신이 있어 좋아요

사랑하는 사람이 곁에 있어서
허기진 영혼
당신 그늘 밑에 앉아
쉬어갈 수 있어 참 좋아요,

비가 내리면
우산 속 젖어 드는 서늘한 가슴
따뜻함으로 위로 해주는
당신이 있어 참 좋아요,

어둠이 내리는
골목마다 고개 떨군 외등 불빛 아래
외로이 홀로 서 있지 않아도 되니
그런 당신이 있어서 나는 좋습니다.

봄 비

봄비 그친 이른 아침
창밖엔 안개가 자욱하다.

뒷산 산책로 촉촉한 길섶엔
안개 바람이
나뭇가지 사이를 넘나들며
살며시 숲길을 깨우네,

겨울 삭풍에 숨죽이던 땅은
소리 없이 가슴을 열어젖히고,
낙엽 밑 동면에 잠든 생명들은
초봄의 황량함을 밀어내듯
비에 젖은 풀꽃이 무리 지어 피어나고,

잎새 하나 없이
앙상한 실가지마다
개나리 꽃망울 품은 애틋함,
안개를 머금은 꽃망울이
바람에게 가는 길을 일러주고
나무와 물, 돌, 풀뿌리는
봄비에 기지개를 편다.

아직도 날 사랑하나요

미풍에 흔들리며
찰랑대는 나뭇잎처럼,
온몸 휘감는 봄햇살 같이
산들바람 껴안고 입맞춤하듯,
오늘도 그대 가슴에 머물러
당신이 들려주는 달콤한 사랑의 말
끝없이 듣고 싶습니다.

사랑해서 아프고 그립고, 괴로워도
나에게 당신은 간절한 사람이기에
아픔도 견딜 수 있지요,
서풍에 당신 마음 흔들리던 날
묻고 싶은 말은...

아직도 날 사랑하나요.

미련한 사랑

당신을 사랑하면서
얼마나 많은 밤을 흐느껴야 했는지
눈물이 모두 말라 버렸습니다.

당신의 무한한
사랑을 받으면서도
당신의 다른 이면을 보며
언젠가 보내야 할 사람인 것을,

많은 밤들을 갈등하며
보내야 했던 날,
욕심으로 그대의 발목을 잡았지만
곁에 없는 날들을 생각하면
견딜 수 없을 것 같아,

미련한 사랑을 접을 수가 없습니다.

물처럼, 바람처럼

물처럼 바람처럼 사랑하리
당신이 네모이면 네모의 사랑으로
당신이 둥글면 둥근 사랑으로
당신의 마음 따라 사랑하리,

흐르다 돌이 있으면 비켜 가고
굴곡이 있으면 굴곡진 대로
당신 모습 그대로 사랑하리,

당신의 마음
구름 따라 흘러가면,
나는 바람으로 당신 발길 머무는 곳
어디일지라도 찾아가고,
당신이 머무는 곳
당신이 숨 쉬는 곳 따라
물처럼, 바람처럼 당신만을 사랑하리.

빗소리 흐르던 밤

어둠 속으로
흘러내리는 봄비
머물 생각 없이
어디론가 떠나는 빗방울
허허로운 나의 마음과 같을까,
빗방울 소리 흘러내리던 밤
내 가슴은 작은 개울물 되어
당신의 심장으로 흘러 들어가고

당신 생각에 잠겨 잠이 들면
빗소리 내 귓가에 사랑 노래 속삭인다.

염원 念願

하얀 눈송이가
봄바람 타고 너울너울 춤을 추네요,
봄을 잊은 채
여름인가 착각을 했던 날씨가
때아닌 하얀 눈송이에 마음이 설렙니다.

그대의 얼굴에도
옅은 미소가 있네요,
조금은 쓸쓸하고
아쉬운 표정 속에 감추어진 눈빛
만나고 헤어짐이
익숙해질 만도 하건만
좀처럼 익숙해지지 않는 시간 들

오늘이 가고 내일이 오면
이별 없는 시간이 오려나
기약할 수 없는 우리의 앞날이기에
더 애틋하고 순간, 순간이 소중하죠,

눈 내리는 추운 봄날이지만
내일이면 따뜻한 햇살이 비취는 봄처럼
우리에게도 그런 날 오겠지요,
때아닌 날에 찾아온
하얀 눈 손님같이
언젠가 우리에게 찾아올
반가운 그 시간을 염원해 봅니다.

오솔길

눈처럼 흩날리는
벚꽃 잎 사이로
다정한 그대와 나란히
앞서거니 뒤서거니,
오솔길 걸으면
멀리서 풍겨오는
목련의 꽃향기에 취하듯
나는 임의 향기에 취합니다.

오솔길 사이사이로
봉긋봉긋 내미는
진달래의 홍조 띤 얼굴처럼
수줍은 나의 마음도,
바람에 날리는 벚꽃 잎에 담아
님의 가슴에 살포시 날아가요,

화창한 봄볕 드는
오솔길 벤치에 앉아
은은히 풍겨오는 꽃내음과,
김이 피어오르는 커피 한잔에도
행복한 것은
그대와 함께 있기 때문입니다.

그대는 사랑입니다

하루가 시작되는 이른 아침
당신의 첫인사는
말없이 건네주는 밤샘 인사,
이른 하루를 시작하는 내게
살뜰히 살피는
그대 마음은 감동으로 다가오지요,

때로는 친구처럼, 때론 연인처럼
미운 사람이라며 사랑 표현을
장난스럽게 하는 당신
그대 가슴속에 내가 전부가 되었고,

언제나 의지하고 등 뒤에서
버팀목이 되어주는
그대는 나의 사랑입니다.

눈이 부시게 아름다운 날

눈이 부시게 쏟아져 내리는 햇살
온통 땅 위에 은빛 물결 부서 지고
아무렇게나 피어난 풀들과,
길 가장자리에 던져진 작은 돌
하나에도 고운 햇살 여울져 내리네,

허름한 길목 벤치에 앉아
쓰디쓴 커피잔 위로
쏟아져 내리는 햇살을 마주하면,
고달프고 힘들었던 일들이
한순간 녹아내린다.

눈이 부시게 아름다운 날
따뜻한 햇살 은빛 고운 무늬로
상처 입은 마음 포근히 감싸 안아
우울했던 영혼을 위로받는다.

당신의 흔적

세월이 흘러 아주 먼 훗날
우리 같이 했던 시간을 떠올리며
행복한 순간을 기억할까요,
사월의 벚꽃 잎이 바람에 날려
파란 하늘을 하얀 게 수놓았던
아름다운 이날을 잊지 말아요,

이별을 고하며 멀리 날아가는
하얀 꽃잎처럼 우리들의 이별도
언젠가는 아픔으로 오겠지요,

짙게 그려진 당신의 흔적들은
흐르는 세월에
퇴색되어 흐려지겠지만
당신의 사랑은 가슴에 새겨져
영원히 남아 있을 겁니다.

사랑의 선물

빛이 창가를 밀고 들어오면
자연스레 떠지던 내 눈 속으로
사랑이 담긴
당신의 눈망울을 떠올리곤 해,

창가로 밀려드는 햇빛도,
무심히 지나가는 바람도
별생각 없이 지나치던 것들이
마냥 즐겁고 사랑스럽기만 한 것은
당신의 사랑으로 변화시킨 것들이죠,

남의 얘기 같던 일들이
설레임 으로 찾아왔던 지난날
항상 알고 있던 사소한 일상이
새로움으로 바뀐 건
당신이 내게 준 선물입니다.

하루를 살다 간 그리움

창문 넘어 스며드는 별빛 속에
하루를 살다 간 그리운 조각들
밤이슬 젖은 풀잎 위로
피어나는 그대의 향기는
심장을 파고드는 잊지 못할 애절함,

스산한 바람이 휑하니 불어가고
밤하늘 둥근달이 창가에 내려와
가슴 깊이 녹아드는 그리움은
눈물 되어 흘러내린다.

갈망 渴望

현실을 외면하며 내 안에
스스로 창살을 쳐 두었던 장막을
이제는 거두어야 하나 봅니다.

늘 가까이에서 그댈 보지만
멀리에 있는 당신
당신 등 뒤에서 소리 없는 눈물을
흘려야만 했던 시간 들,

당신 가슴에 안긴 순간에도
외로움에 한숨짓던 마음은
당신을 갈망하는 마음이 깊기에
닿을 수 없는 슬픔으로 옵니다.

애상 哀傷

하얀 별빛 쏟아지는
은은한 밤이면, 바람에 날려버린
잊었던 기억들이 피어납니다.
뿌연 물안개 떠다니는
꿈속 같은 아련함으로
가슴속 퇴적처럼 쌓인
까닭 모를 눈물만이 흐르고,
내 작은 가슴 모아
그대 향한 마음, 내 눈빛은
꽃잎에 물들인 빨간 사랑으로
밤하늘 눈물로 적시죠

별이 어둠에 묻혀 하나둘 사라지면
우리의 소중한 추억, 슬픈 기억 속에 묻고
흐르는 시간처럼 하나둘 지워갑니다.

그 겨울

소리 없이 날리는 눈송이,
살며시 내 가슴 감싸 안으며
슬픈 고인 눈빛으로
그 겨울이 내게로 오고 있다.

눈이 오는 날이면,
흰 눈 날리는 그 길
그대와 걷던 날을 생각해,
세월 지나, 추억 저편으로
묻힌 기억이 되었지만
이렇게 눈이 내리면
다정했던 그대 사랑이
추억을 더듬게 하네,

따스한 차 한잔과 향기에 젖어
온기 따스했던 그리운
그 겨울이 내게로 오고 있다.

그리운 것은

그대 떠난
빈자리에
홀로 핀 풀꽃을
말없이 바라보니
문득
그대가 그리워지고,

빗방울 맺힌
들창 가에 기대어
아련히 떠오르는 이름은
그리운 당신,

해를 따라 도는
해바라기를 바라보며
내 서러운 생애를
위로받고 싶은 것은
당신이 너무도
그립기 때문이죠.

제 4부

추억을 지워가는 밤

오월의 봄비

밤새
비가 내리며
아침을 맞는다.

물기 머금은
입새는
무거운 몸이 버거워,
고개 숙이고
변덕을 부리던
봄을 잠재우며
마지막 봄비는
안녕을 고하네,

오월에
내리는 봄비는
여름의 길목을
열고 있다.

님의 향기

창문 너머
갈바람이 잎새 흔들며
일렁이는 긴 그림자 드리우는
쓸쓸한 가을밤,
스치듯
바람이 지나는 자리에
낙엽 밟고 오는 님의 발소리,

너울거리며 떨어지는
낙엽 하나에 그리움 담고,
스치는 바람에 외로움이 드리워지는 밤
밤하늘 잔별들 그리움 끌어안고,
짙게 깊어 가는 가을밤에
님의 향기 밤바람에 실려온다.

가슴 시린 날

갈바람 불어
괜스레 가슴 헤집어 놓고
밤새 울던 풀벌레
그 소리마저 그리운 밤,
하얀 서릿발에
밤새 떨던 단풍
그리움에 몸서리치고,

속삭이던 밤하늘 별이
내 가슴에 내려앉는 밤,
창문 새로 들어온 바람은
잊혀진 기억을 들추어
그대의 그림자를 찾는다.

스산한 바람 불어
가슴 시린 날
고독을 반추하는
기나긴 밤에
잊지 못할 추억들만
어둠을 불사르고 있다.

이별 연습

마음 언저리에
떨쳐 버리지 못하는
까닭 모를 서글픔,
삶의 한순간을
같은 공기로 숨을 쉬고
서로의 숨이 닿는 수많은
들숨과 날숨이 함께 하였음을,

스스로 묶인 발목
스쳐 지나는 바람 앞에
서 있는 것이 얼마나 고독한지,
가을밤이 깊어지면
이별을 연습하듯
멍든 잎새 한 잎 두 잎 떼어내리,

만남 뒤엔
숙명처럼 오는 이별을 알기에
깊어 가는 가을 밤바람은
안타까움에 슬피 우는가 보다.

홀로 남겨진 슬픔

아무렇지 않은 얼굴로
뒤돌아 서야 했던 발걸음
못다한 말들을 남긴채,
아픈 마음에 목이 메어
차마 하지 못하고 돌아섰던 발걸음,

같이 했던 시간, 수많은 추억을
가을밤 하늘 별만큼의
수를 헤아려야 하는 외로움,
다가오는 이별에 가슴 아파
참을 수 없는 눈물 감추려 고개 떨구었지,

홀로 된다는 두려움에
이 가을 한없는 슬픔으로 다가온다.

여름 추억

내 유년 시절엔
여름이 있다.

명륜동 산동네
놀잇감도 먹거리도
귀했던 시절
놀이터가 되어준 곳은
청와대 뒤로 자리하고 있는
삼청공원,

봄이면 진달래꽃 따 먹고
여름엔 벚꽃 잎 떨어진 자리에
까맣게 익은 열매를
따먹다 손과 입가에 새파랗게
물들이던 여름,
새콤, 달콤 빨간 산딸기는
잔가시에 찔림도
잊게 만들었던 여름

우거진 숲은
여름의 따가 움을 가려주고
산줄기 흐르는 물은
아이들의 수영장을 만들었지,

시간의 흐름도 잊은 채
어스름 지는 저녁이 되어서야
매미의 울음소리 들으며 집으로 오는 길,
어머니의 부름이 아스라이 들려오던 여름

내 유년 시절엔
햇살 반짝이는 여름 추억이 있다.

장미의 사랑

라일락 향기 풍기며
사랑이 피어오르고,
숲속 흐드러진 아카시아
바람에 하얀 꽃잎 흔들리면
꽃잎 향기에 그대 사랑
내 가슴에 스며드네,

하얀 눈송이처럼
길가에 피어난 찔레꽃
그윽한 향기에
벌, 나비 입맞춤하니
수줍은 새색시 같은 내 마음,

눈이 부시게 파란 하늘가에
푸르른 잎새 싱그러움 품고,
붉은 장미의 불타는 사랑
그대에게 보내 드립니다.

자화상

허무함 속에 또 하루를 사는
하루살이의 인생처럼
곱게 물들어 가는 낙엽은
그리움만 남기고 떠나네.

가을날의 쓸쓸한 추억도
어느 날 뜬구름 흐르듯
사라져 버릴 기억,

상처처럼 쌓여가는
상흔의 흔적들은,
티끌처럼 흩어지는 시간 앞에
입 떨어진 앙상한 나뭇가지는
초라한 나의 자화상 같구나.

허공 속에 묻힌 그리움

어둠만이
짙게 깔려있던 산책로
오늘도 어김없이 4시 정각
외등은 켜지고,
잠에서 깨어 일어나
머그잔에 한가득 연한 커피 향과
어둠을 뚫고 들어오는
외등 불빛을 마주하니,
적막과 함께 밀려드는 외로움은
당신을 그리게 합니다.

이 새벽
당신과 함께 커피를 나누고
다정히 마주 앉아
조용한 음악에 콧노래 흥얼거리며,
키 큰 나무들 사이로
아침 햇살 비집고 들어오는
환희를 함께 나누면 얼마나 좋을까요.

아직 어둠은 사라질 줄 모르고
식어가는 머그잔의 커피를 흔드니
희미하게 피어오르는 향기가
새벽의 여운을 길게 드리우며
허공 속에 그리움만 묻고 있습니다.

가을 나무

하늘정원 사이로
보이는 높푸른 하늘
파란 물감 풀어 놓은 듯
하얀 뭉게구름 손잡고,
하늘하늘 흐르는 구름 사이로
바람 타고 가을은
나뭇가지 위에 살며시
내려앉았나 보다.

높이 솟은 나뭇잎
제 몸을 바람에 맡기며
간지러운 속삭임에
여인의 수줍음 같이
발그레한 아기의 두 볼 같이
가을 나무는
빨강, 노랑 물들어 간다.

추억을 지워가는 밤

소란스럽게
센바람 스쳐 지나면
별님은
빈 나뭇가지에 걸터앉아
긴 그림자 창가에 드리운다.

달빛 아래
밀려드는 쓸쓸함
긴 가을 잠 못 들어
허망한 가슴만 헤집는 밤
황홀했던 지나간 추억을
하나둘 지워가고 있다.

하얀 그림자

갈 바람
밤새 잠을 잔 듯
창문 너머 조용히
일렁이는 그림자
님의 모습이었을까,
소슬바람에 묻어오는
님 향기였을까
창문을 여니
스치는 바람에 떨어지는
처연한 가을날의 낙엽,

이별이 아닌데도
돌아서는 발걸음엔
그리움이 달려오고
텅 비어버린 듯,
허전한 마음에 눈물이 차올라
까만 밤을 하얗게 태워버린 밤

아픔으로 다가오는
님의 뒷모습
못다 한 사랑이 가슴에 남아,
나는 하얀 그림자 되어
님의 곁에 머물러 있는
내 사랑입니다.

오고 있나요

어디쯤에 오고 있을까요
오는 길에 바람의 속삭임에
쉬어 오시는지,
언 땅 헤치며 나오는 새싹들에
발길 멈추고 봄 얘기 하나요.

따스한 저 빛이 봄의 향기일까,
혹시나 지나쳐 가지나 않을까
사슴목 되어 봄의 길목에 서성이고 있죠

봄바람 실려 그대 내게로 오고 있나요
아지랑이 뒤에 숨어 오나요,
애처로운 그대 기억 더듬어도
허허로운 마음이 봄바람에 떨고 있네요

아직도 봄은 오지 않고
그대 발걸음에 애가 타는 마음입니다.

상념 想念

빗소리에 잠 못 들고,
창문을 두들기는 비바람은
내 심장의 요동치는 소리와 같다

빗소리에 상념의 나락으로
한없이 빠져드는 밤,
마음 한구석 여백을 남겨둔 자리에
또 하나의
고독을 채우고 그리움도 채워 놓았다.

그대가 그립고
외로움이 밀려드는 날이면,
가슴속 책장에서 하나둘 꺼내어
그대의 아름다운
추억으로 또 하루를 살아가겠지.

오월은

회색빛 새벽을 가르며
초록 바람이 나에게로 달려와
살며시 머릿결 쓰다듬고,
새벽바람은 님의 향기처럼
내 몸을 휘감으며 아침을 연다

오월을 화려하게 수놓는 장미
이른 아침 물안개에
꽃 입술 내밀어 이슬방울 머금고
한낮의 뜨거운 열정 불 태우려 하나보다

물기 묻은 이 아침은
오월의 화려함으로 오는 장미의 계절,
신록으로 깊어 가는 하늘 정원은
사랑을 나누는 나비들의 비밀 장소,

오월은 초록 바람으로 오는 님의 사랑입니다.

봄마중

길었던 겨울 여운에
마지막 함박눈이
하늘 정원에 잔 설을 깔아 놓았다.

겨울이 미련을 남겨놓은 자리
은빛 햇살 따스함에
쏙쏙 고개 내민 새싹은
수줍은 눈인사를 하고,
선부른 훈풍에 가슴 활짝 열며
머지않아 피어날 개나리에
하얀 미소로 봄마중 가야겠다.

그리운 어머니

소록소록 사락사락
덤불 숲 헤집는 소리
어디선가 들려오는 가녀린 소리
오지 않는 봄에 애태우더니
어느새 봄이 노크를 하네,

가만히 있어도 봄은 오는데
가만히 있어도 꽃은 피는데
연초록 고깔모자 눌러쓰고
찾아온 봄처럼
한번 떠난 그리운 이 올 줄 모르고,
꿈에라도 한 번쯤 보여 주려나
어린 시절 나비 따라 꽃밭 거닐 때,
꽃길 속에 스치는 기분 좋은
어머니의 치맛자락 소리

가만히 있어도
봄은 오고 꽃은 피는데
먼 길 가신 어머니 올 줄 모르네.

당신의 사랑

당신의 사랑을 먹고 살아요
속삭여 주는 당신의 사랑은
세월이 흘러도 가슴 설레게 합니다.

봄향기, 꽃향기처럼
봄바람에 살랑이는 연초록 잎의 생동감처럼
당신은 나의 봄의 기운이고,
밤거리 비추는 외등은
한자리에서 묵묵히 어둠을 밝히고 있듯
당신은 내게 든든한 버팀목이 되어
흔들리는 마음 기댈 수 있게 어깨를 내어주죠.

파란 하늘에 뭉게뭉게 피어난 흰 구름만큼
밤하늘 흐르는 잔별들의 수만큼,
당신의 사랑은 무한하여 당신의 가슴 위에
흔들리는 마음 쉬어갑니다.

흐르다 맴도는 별처럼

무엇이 이 밤을 붙들고
잠 못 들게 하는지
오늘도 버릇처럼 하나의 얼굴을
밤하늘에 띄운다.

빛나는 별 들 속에
맴돌다 지쳐가는 얼굴
한잔 술에 마음을 감추고
두 잔 술에 외로움을 묻어도
그대 그리운 마음은 술잔에 스며든다.

밤하늘 별을 따다
술잔에 넣어 마시면
이 허한 마음이 채워질까,
흐르다 맴도는 밤하늘 별처럼
밤을 잊은 채 내 마음 별 따라 흐르고,
그대 그리움에 지친 내 가슴엔
상흔傷痕을 남긴 채 긴 밤을 지새웁니다.

꽃잎이 비처럼 날리면

꽃잎이 비처럼 흩날리면
세상에 꽃향기가 가득해
꽃잎이 바람에 날리면
세상은 온통 꽃물결로 넘실거려.

반딧불처럼 사라질
떨어지는 꽃잎은 미련으로 남아
스치고 지나가는 한순간이
때로는 평생이 한순간 같고,
때로는 한순간이
영원처럼 느껴지는 순간이지만
난 이 순간을
내 마음에 담아 두고 싶어,

떨어지는 꽃잎도 좋아
바닥 가득 꽃잎이 떨어지면
꽃잎을 밟고 지나간 당신을 생각해.

모래성

보이지 않는 벽을
사이에 두고 세상 밖을 보네
세상 속
어디에도 나는 없고
허상으로 지어진
모래성 안에 내가 있네,

오늘일지
내일일지
가라 한들 갈까요,
오라 한들 올까요,
시간은
재촉하지 않아도
가고 오는걸
나는 어디에도 없구나.

외로움

사람들은 어디에
기대어 살아가고 있을까
내 마음은 그리움에 떨고
내 가슴은 외로움에 눈물짓네
서로 등을 맞대고
울어줄 사람 곁에 있다면,
흐르는 눈물 닦아줄
그대 있으면 외롭지 않을까

희미한 불빛만이
나의 외로움을 달래고
눈가에 번져 오는 이슬은
그대 그리움으로 마르지 않네.

망각 忘却

그대와 같이 했던 시간이
망각 속으로 사라질 까봐
난 당신 앞에 맴돌고,
나의 발자취를 남기기 위해
당신 등 뒤에 서성거리던
그 마음을 기억할 수 있을까,

나의 훈적 들을
기억해 주기를 바라는 마음은,
허공에 흩어지는 하얀 연기처럼
사라질까 두려움에 떨고,
지우개로 깨끗하게 지워질 것 같은
애처로운 기억을 붙들고 있습니다.

망각의 저편에 서 있는 날이 오면
모든 기억 들이 사라진다 해도
그대 사랑만은 잊지 않기를 바라는
내 마음입니다.